Les Moufettes de Babette

De la même auteure chez Québec Amérique

Jeunesse

SÉRIE BABETTE
Les Marionnettes de Babette, coll. Mini-Bilbo, 2008.
Les Cacahouettes de Babette, coll. Mini-Bilbo, 2007.
Les Petites Couettes de Babette, coll. Mini-Bilbo, 2006.

SÉRIE PING
Les Impatiences de Ping, coll. Gulliver, 2005.
    • **Prix littéraire *Le Droit* 2005 dans la catégorie jeunesse.**
Ping-Pong contre Tête-de-Navet, coll. Bilbo, 2003.
    • **Prix littéraire *Le Droit* 2004 dans la catégorie jeunesse.**

Miss Pissenlit, coll. Titan +, 2010.
Où sont passés les zippopos?, coll. Bilbo, 2009.
    • **Prix littéraire *Le Droit* 2010 dans la catégorie jeunesse.**
La Disparition du bébé chocolat, coll. Gulliver, 2004.

Les Mouffettes de Babette

ANDRÉE POULIN

ILLUSTRATIONS :
ANNE VILLENEUVE

Québec Amérique

Catalogage avant publication de Bibliothèque et Archives nationales du Québec et Bibliothèque et Archives Canada

Poulin, Andrée
Les mouffettes de Babette
(Babette)
(Mini-bilbo ; 42)
Pour enfants.
ISBN 978-2-7644-0980-0
I. Titre. II. Collection: Poulin, Andrée. Babette. III. Collection: Mini-bilbo ; 42.

PS8581.O837M68 2011   jC843'.54   C2011-940302-1
PS9581.O837M68 2011

Conseil des Arts   Canada Council
du Canada   for the Arts

Nous reconnaissons l'aide financière du gouvernement du Canada par l'entremise du Fonds du livre du Canada pour nos activités d'édition.

Gouvernement du Québec – Programme de crédit d'impôt pour l'édition de livres – Gestion SODEC.

Les Éditions Québec Amérique bénéficient du programme de subvention globale du Conseil des Arts du Canada. Elles tiennent également à remercier la SODEC pour son appui financier.

Québec Amérique
329, rue de la Commune Ouest, 3e étage
Montréal (Québec) H2Y 2E1
Téléphone: 514 499-3000, télécopieur: 514 499-3010

Dépôt légal: 1er trimestre 2011
Bibliothèque nationale du Québec
Bibliothèque nationale du Canada

Projet dirigé par Geneviève Brière
Révision linguistique: Diane-Monique Daviau et Alexie Morin
Mise en pages: Karine Raymond
Conception graphique: Célia Provencher-Galarneau

© 2011 Éditions Québec Amérique inc.
www.quebec-amerique.com

Imprimé au Canada

*À Xavier, qui lui aussi
raffole des beignes.*

Remerciements

Pour leurs commentaires et suggestions concernant mon manuscrit, un grand merci aux élèves des écoles suivantes :

– Classe de Mme France Ducharme, de l'école de l'Escalade, à Gatineau.

– Classe de Mme Lyne Turcotte, de l'école du Grand-Boisé, à Chelsea.

1

Pas des minous !

Babette sort de la maison et une odeur dégoûtante lui monte au nez. Ça sent le caoutchouc brûlé, les œufs pourris et le vieux pipi !

— Ouache ! Ça pue ! s'écrie la fillette.

Son cousin Yann arrive en courant.

— Babette, viens voir ce que j'ai trouvé dans le fossé !

Les enfants traversent la rue et s'approchent de la mouffette étendue dans l'herbe. On dirait qu'elle

dort. Babette a envie de
toucher la jolie ligne blanche
qui descend jusque sur le
bout du nez de la mouffette.
Yann pointe du doigt le
ventre de l'animal :

— Ma chatte avait des
tétines comme ça quand
elle a eu ses chatons.

— Tu crois que c'était une
maman mouffette ?

— Aucune idée, répond
le garçon.

Mercédès, la copine de
Babette, vient vers eux en se
pinçant le nez.

— Notre voisin a frappé
cette bête puante avec
son auto hier soir. Je l'ai vu !
Il criait des mauvais mots.

Ma mère a appelé quelqu'un à la ville pour qu'on vienne ramasser le corps de la mouffette.

La chienne de Babette bondit vers le groupe. Yann la retient par le collier.

— Ne t'approche pas, Java. Tu vas sentir le vieux pipi.

— Qu'est-ce qui pue encore plus qu'une mouffette qui a arrosé? demande Mercédès.

— Aucune idée, répond le garçon.

— Deux mouffettes qui ont arrosé! dit la fillette en éclatant de rire.

Babette ne rit pas.
Pendant que ses copains
jouent au soccer dans la
cour arrière, elle cueille des
pissenlits. Elle dépose son
bouquet près du corps de
la mouffette.

La partie de soccer est presque terminée lorsque Babette entend des gémissements près du perron.

— Avez-vous entendu? demande-t-elle à ses amis.

— On dirait un chaton qui pleure, dit Mercédès.

Java se poste près du perron et jappe furieusement. Yann regarde sous l'escalier pour voir ce qui énerve à ce point la chienne.

— Ça bouge, là-dessous!

Babette fait entrer Java dans la maison et ressort avec une lampe de poche. Tandis que Yann braque le jet de lumière entre les marches de l'escalier, elle se penche pour essayer de voir ce qui s'y cache.

—Je vois deux…. Non…
trois petits… noirs…

Mercédès sautille de joie :

—Oh, des minous! J'en
veux un!

Babette glisse son bras
sous la dernière marche de
l'escalier. Au début, sa main
ne trouve que du vide. Puis
elle touche de la fourrure.
Comme c'est doux! Des
griffes lui chatouillent les
doigts. La fillette attrape une
petite bête qui se débat
faiblement.

—J'en ai un!

Lentement, elle retire son
bras et pose la boule de
fourrure sur l'herbe. Surprise!

Ce chaton noir a une raie blanche sur le dos.

— C'est une mouffette ! s'exclame Yann en reculant.

Mercédès s'enfuit en criant.

2

Garçons ou filles?

La mouffette minuscule tremble dans la lumière du jour. Babette ne sait pas si la petite bête a froid. Ou faim. Ou peur.

— Ne la touche pas, elle va te pisser dessus, prévient Yann.

— Surveille-la.

Babette court à la remise puis revient avec des gants de jardinage et une boîte de carton vide. Elle enfile les gants et, avec mille précautions, soulève le bébé mouffette et l'installe dans la boîte.

Mercédès traverse de nouveau la haie qui sépare sa cour de celle de Babette. Elle porte un énorme parapluie rouge, tout grand ouvert.

— Qu'est-ce que tu fais avec ça ? Il ne pleut même pas ! s'écrie Yann.

— C'est pour me protéger du pipi de mouffette, explique Mercédès.

Les enfants entendent des gémissements venant de sous le perron. Babette s'allonge de nouveau devant l'escalier.

— Si ces mouffettes te pissent dessus, tu vas puer pendant des semaines, prévient Mercédès.

— Si je ne les sors pas de là, elles vont mourir, murmure Babette.

Cinq minutes plus tard, trois petites mouffettes se serrent les unes contre les autres dans la boîte de carton.

— Elles ne sont pas très belles, déclare Mercédès.

Babette proteste.

— Pas vrai. Regarde celle-ci, avec sa queue touffue, celle-là, avec son museau

pointu, et l'autre, avec sa patte blanche.

Yann s'approche et retourne doucement un bébé sur le dos. Il examine l'entrejambe de la mouffette puis annonce :

— Pas de zizi ici.

Il fait la même chose avec les deux autres :

— Bizarre. Pas de zizi là non plus.

— On dit « pénis ». Peut-être que les mouffettes mâles n'en ont pas ? déclare Mercédès.

— Alors, comment on fait pour savoir si c'est des garçons ou des filles ? demande Babette.

— Aucune idée, répond Yann.

— En tous cas, on sait que ces bébés sont des orphelins, dit Mercédès.

— Tu m'énerves avec tes grands mots! s'exclame Babette. Ça veut dire quoi, orphelin?

— Les orphelins n'ont pas de parents. Ça veut dire que tes mouffettes n'ont plus de maman, puisqu'elle est morte dans le fossé.

Babette hoche la tête et dit d'un ton grave:

— Ça veut dire que les bébés ont juste nous, maintenant. On va donc être leurs parents et en prendre bien soin.

Babette transporte les trois orphelins dans la remise.

— Il faut les faire manger, annonce la nouvelle maman des mouffettes.

Les enfants se dispersent pour aller chercher de la nourriture. Quand ses copains reviennent, Babette a déjà placé un bol d'eau et un bol de croquettes de Java dans la boîte des mouffettes. Mais les bébés ne s'en approchent pas.

— Elles n'aiment pas la nourriture pour chien, dit Yann.

Mercédès dépose de la laitue et des carottes dans la boîte de carton. Le garçon secoue la tête :

— C'est des mouffettes, pas des lapins !

Aucune réaction chez les mouffettes. Yann dépose un beigne au chocolat dans la boîte. Toujours aucune réaction.

— Les mouffettes n'aiment pas tes cochonneries, dit Mercédès.

— C'est PAS des cochonneries, proteste-t-il.

— Arrêtez de vous disputer. On va donner des noms aux bébés, déclare Babette.

— On pourrait les appeler Pupue 1, Pupue 2 et Pupue 3, suggère Yann.

— Pourquoi « Pupue » ?

— Pour bête puante.

— Complètement débile ! déclare Mercédès.

— J'ai une meilleure idée, interrompt Babette. Celle qui a le nez pointu s'appellera Violette. Celle-ci, avec la queue touffue, s'appellera Annette… Et la troisième, avec ses yeux brillants, s'appellera…

— Jeannette ! suggère Mercédès.

— Violette, Annette et Jeannette. Oui! C'est parfait! s'exclame Babette.

— Il n'y a pas un seul nom de garçon! proteste Yann, la bouche pleine de beigne.

— Mais elles n'ont pas de zizi, donc c'est des filles.

— Peut-être que c'est trois garçons et qu'on ne le sait pas.

— C'est moi qui les ai sauvées. Et comme je suis la nouvelle maman des mouffettes, je veux des noms qui riment en « ette », déclare Babette.

— C'est pas juste, Babette! s'exclame Yann. Tu veux toujours tout décider.

Au même moment, Flavie
sort sur le perron et appelle
sa petite sœur :

— Babette, viens manger !

— Pas un mot à personne,
dit Babette. C'est notre
secret. Compris, Yann ?

— Mercédès est bien plus
bavarde que moi, bougonne
son cousin.

Mercédès tente de lui
donner un coup de parapluie
mais le garçon se sauve en
courant.

Après dîner, les trois
enfants se retrouvent dans la
remise. Les bébés mouffettes
n'ont rien touché. Ni les

croquettes de Java, ni la carotte, ni le beigne au chocolat. Elles n'ont même pas bu d'eau.

—J'ai apporté des rubans de couleur pour mieux distinguer les bébés, annonce Mercédès.

Babette attache le ruban vert autour du cou de Violette et le ruban bleu au cou de Jeannette. Quant à Annette, elle hérite du ruban rose.

—Celui qui a le ruban bleu, je suis sûr que c'est un garçon ! déclare Yann. Je vais l'appeler Max.

Babette verse de l'eau dans une cuillère à thé et tente de faire boire Violette, qui ne réagit pas. Les bébés ont l'air épuisés. Jeannette ne bouge presque plus.

— Leur mère est morte hier soir. Donc ça fait au moins une journée qu'ils n'ont pas mangé, dit Mercédès.

— Je sais, ça m'inquiète, répond sa copine.

— Il faut demander de l'aide, dit Yann.

— À qui ? demande Babette.

— À un adulte.

— Si je le dis à mes parents, ils ne voudront pas

que je garde les mouffettes,
proteste Babette.

— Oui, mais si les bébés
meurent de faim, tu ne
pourras pas les garder non
plus, réplique Mercédès.

— On peut demander à
Flavie et lui donner des
beignes pour qu'elle garde
le secret, propose Yann.

Babette soupire
d'impatience.

— Toi et tes beignes !

3

Qui va ramasser les crottes ?

Babette n'a aucune difficulté à trouver Flavie. Sa sœur est toujours installée dans un fauteuil, en train de lire. Elle passe ses vacances d'été le nez dans les bouquins.

— Flavie, j'ai un problème.

— Pourquoi tu me déranges toujours quand je lis ? grogne la grande, le nez plongé dans son livre.

— J'ai adopté des orphelins.

Au mot « orphelin », Flavie lève la tête de son livre.

— Quels orphelins ?

— Des bébés mouffettes.

Au mot « mouffette », Flavie se lève d'un bond.

— Tu ne les as pas amenés dans la maison ?

Babette entraîne aussitôt sa sœur dans la remise.

— Voici Violette, Annette et Jeannette.

— Celui avec le ruban bleu s'appelle Max, précise Yann.

Mercédès lui fait une grimace.

— Je ne pensais pas que des mouffettes pouvaient être aussi adorables! s'exclame Flavie, étonnée.

— Elles ne veulent pas manger, explique Babette.

— Même pas mes beignes, dit Yann, d'un air offensé.

Flavie fronce les sourcils.

— Je n'ai aucune idée de ce qu'une mouffette bouffe. Appelons la SPCA.

Babette trépigne d'impatience:

— Tu m'énerves avec tes grands mots! C'est quoi, la Cécépéa? demande-t-elle.

— La SPCA : Société pour la prévention de la cruauté envers les animaux.

Après sa conversation téléphonique avec un spécialiste des mouffettes, Flavie annonce aux enfants :

— Vos bébés sont déshydratés. Il faut leur donner du lait au plus vite. On a besoin d'un biberon.

— Où on va trouver un biberon ? gémit Babette.

— Dans mon armoire à poupées ! répond Mercédès.

Flavie casse un œuf dans un bol et rajoute quelques cuillerées de yogourt.

— Tiens Babette, fouette ça. Le monsieur de la SPCA dit qu'il faut leur donner des protéines.

Lorsque Mercédès revient avec deux petits biberons, Flavie les remplit de lait.

Tandis que Babette fait boire Annette, Yann fait boire Max. Les bébés tètent goulûment, comme s'ils n'avaient pas mangé depuis des années.

— Il faut les nourrir plusieurs fois par jour, précise Flavie.

Elle tend le bol de yogourt aux œufs à Mercédès:

— Tu veux nourrir celle-là?

— Je préfère regarder, répond la fillette.

Avec une petite cuillère,
Flavie tente de faire avaler
un peu de yogourt à
Violette.

— J'ai oublié de vous
annoncer la bonne nouvelle.

41

Il n'y a pas de danger de vous faire empester. Ces petites bêtes ne peuvent pas arroser avant l'âge de deux mois.

— Chouette, ça veut dire que mes mouffettes vont pouvoir dormir dans mon lit! s'exclame Babette.

— Es-tu folle?! Les parents auraient une crise cardiaque. Le monsieur de la SPCA dit qu'il faut éviter de toucher les mouffettes pour ne pas qu'elles s'habituent trop aux humains. Ce sera plus facile après de les relâcher dans la nature, explique Flavie.

— Comment ça, les relâcher? demande Babette. Je les ai adoptées!

Sa sœur lève les yeux au ciel:

— Reviens sur terre, Babette. Crois-tu vraiment que les parents te laisseront garder des mouffettes ici? Surtout quand elles seront en âge d'arroser et d'empester le quartier au complet? Et qui va ramasser les crottes?

— Moi, s'écrie Babette avec défi.

— Toi? Babette, tu ne ramasses même pas tes bobettes!

Très en colère, Babette sort de la remise en claquant

la porte. Elle se réfugie dans la balançoire avec Annette. Lorsque Yann vient la rejoindre, un peu plus tard, Annette s'est endormie dans ses bras.

— Tu vois, dit-elle à son cousin, Annette me fait confiance. Elle m'a adoptée comme maman.

4

De grosses mains aux ongles sales

Lorsque l'employé de la municipalité vient ramasser le cadavre de la mouffette dans le fossé, les enfants accourent pour l'observer. Presque aussi grand qu'un géant, l'homme a de grosses mains et des ongles sales.

Babette n'aime pas la façon dont il jette le corps dans un sac. Comme si la mouffette était une vieille guenille.

— Vous l'amenez où ?
demande Yann.

— À l'incinérateur.

Babette marmonne tout
bas : « Il m'énerve avec ses
grands mots ».

Puis elle demande au
géant :

— Ça veut dire quoi,
innécirateur ?

— In-ci-né-rer dans un
incinérateur. Ça veut dire
qu'on brûle les animaux morts.

La fillette frissonne. Elle
aurait préféré ne pas savoir.
Lorsque le géant aux ongles
sales repart dans sa
camionnette, Babette fait
une grimace dans son dos.

À l'heure du souper,
juste avant que ses parents
reviennent du boulot,
Babette va voir sa grande
sœur :

— Tu ne parles pas des
mouffettes, hein, Flavie ?

— Combien de temps tu
veux cacher ça aux parents ?

— Je veux trouver une
façon de les convaincre de
me laisser garder les bébés,
dit Babette.

— Tu rêves en couleur,
répond sa sœur, rabat-joie.

Après souper, Babette
apporte en cachette un
carton de lait dans la remise.

Elle aura de quoi remplir les biberons des bébés cette nuit. Elle sourit de voir que les mouffettes ont plus d'énergie. Annette trottine autour de la boîte. Jeannette essaie de grimper sur le dos de Violette. La fillette voudrait rester et jouer avec les bébés, mais elle ne veut pas éveiller les soupçons de ses parents.

Lorsque son père vient la border, Babette lui demande :

— Peux-tu me réveiller quand tu iras te coucher, ce soir ?

— Pourquoi ?

— Pour mon pipi de minuit. J'ai bu beaucoup de jus et

je ne veux pas faire
d'accident dans mon lit.

— Bien sûr, ma Pitchounette.

À minuit, après son
passage à la toilette,
Babette a bien envie de
retourner se coucher. Mais
Flavie a dit qu'il fallait nourrir
souvent les bébés. Violette,
Annette et Jeannette
doivent avoir faim.

Pas de lumière dans la
chambre des parents.
Babette descend sur la
pointe des pieds et sort dans
la cour. L'herbe mouillée
chatouille ses pieds nus. La
lune pointe son nez derrière

un nuage mais dans la
remise, il fait **très, très, très
noir** ! Heureusement qu'elle
a pensé à apporter une
lampe de poche.

Lorsque les mouffettes voient Babette, elles se mettent à frétiller.

— Vous êtes contentes de voir votre maman, chuchote la fillette.

Tandis qu'elle donne le biberon à Violette, elle pose Jeannette sur ses genoux. La petite bête s'accroche à sa jaquette.

— Es-tu un Max ou une Jeannette ? demande-t-elle.

Pour toute réponse, Max/Jeannette lui donne un petit coup de museau sur la main. Babette se dit que la maman mouffette serait heureuse de voir ses bébés aussi enjoués. La fillette frissonne en pensant à l'employé de la municipalité. Elle ne voudrait pas qu'il mette ses grosses mains sur ses bébés.

— Je ne vous abandonnerai pas, chuchote Babette à ses trois mouffettes.

5

Où est Jeannette ?

Le lendemain matin, Babette est encore en jaquette lorsque Yann et Mercédès arrivent chez elle. Yann apporte un sac de beignes tandis que Mercédès traîne sa poussette et son parapluie rouge.

— On va promener les bébés ? propose Mercédès.

— Bonne idée ! s'exclame Babette.

Elle installe les trois mouffettes dans la

poussette. Chacun prend
son tour pour promener
Violette, Annette et
Jeannette. Mais Yann court
trop vite avec la poussette et
Babette a peur qu'il fasse
tomber les mouffettes.

— Ça suffit. C'est l'heure
de les faire boire.

Babette et Yann prennent
chacun un biberon, mais
Mercédès refuse toujours de
toucher aux mouffettes.

Tandis que Violette et Annette boivent, Jeannette plonge son nez dans le bol de yogourt aux œufs.

— Une vraie gourmande, cette Jeannette! fait remarquer Mercédès.

— Cette mouffette s'appelle Max! proteste Yann.

Après dîner, pendant que les mouffettes font la sieste, Babette s'allonge sur le sofa du salon pour regarder son émission préférée. Elle sent ses paupières s'alourdir. Ce n'est pas reposant de se lever la nuit pour nourrir trois bébés affamés. Deux minutes plus tard, la voilà qui ronfle.

Babette se réveille en sursaut lorsqu'une main lui secoue l'épaule.

— Jeannette a disparu ! annonce Mercédès.

Les fillettes courent à la remise.

— Oh non ! s'écrie Babette

Il n'y a plus que deux mouffettes dans la boîte de carton.

— Yann a dû la prendre. C'est sa mouffette préférée, déclare Mercédès.

Babette court chez Yann, qui habite à trois maisons de chez elle. Elle sonne à la porte plusieurs fois. Pas de réponse. Personne !

Au moment où les filles reviennent chez Babette, la voiture de tante Dominique se pointe dans l'entrée. La tante sort de l'auto, suivie de Yann, qui tient Jeannette dans ses bras.

Babette court vers son cousin. Sans dire un mot, le garçon lui donne la mouffette. Babette voudrait lui crier des bêtises, mais devant sa tante, elle retient sa colère.

Alertée par le bruit, Flavie sort sur le perron. Tante Dominique lui demande :

— Tes parents savent-ils que vous avez des bébés mouffettes dans la remise ?

— Euh... pas vraiment.

— Si je me fie aux réactions à l'épicerie, les voisins ne seraient pas très heureux d'apprendre que vous hébergez des mouffettes.

Flavie fait des gros yeux à sa petite sœur.

— Qu'est-ce qui s'est passé à l'épicerie ? demande Mercédès.

— Yann a « échappé » la mouffette de son sac à dos. Une cliente a vu la petite bête et s'est mise à hurler. Son bébé a commencé à sangloter. La caissière effrayée a grimpé sur le comptoir. C'était la panique totale.

Babette décide qu'elle en a assez entendu. Elle ramène Jeannette dans la remise, avec ses sœurs. Yann la suit mais reste sur le seuil de la porte. Il dit d'un air piteux :

— Je voulais faire prendre l'air à Max.

Babette ne retient plus sa colère. Elle explose :

—Cette mouffette
s'appelle Jeannette.
JEANNETTE ! Tu es le gars le
plus stupide de la planète !
Je ne veux plus te parler
pendant des années, au
moins jusqu'à l'âge de
25 ans !

La fillette claque la porte de la remise au nez de son cousin. Elle se retrouve seule dans le noir avec les bébés mouffettes. Babette n'a pas peur du noir. Mais elle a très peur qu'on lui enlève Violette, Annette et Jeannette.

6

Des parents
pas contents

En fin de journée, quand
les parents rentrent à la
maison, Babette voit que
tante Dominique les a déjà
mis au courant. Sa mère a
son visage des mauvais jours.

— Flavie, comment as-tu
pu laisser ta sœur jouer avec
des mouffettes?

Flavie ne dit rien.

— Mais maman, elles n'ont
plus de maman, réplique
Babette.

— Et l'odeur ! Tu imagines si elles avaient fait pipi sur toi !

Flavie ne dit rien.

— Mais maman, elles ne peuvent pas arroser avant l'âge de deux mois, réplique Babette.

Flavie ne dit toujours rien.

Le père se tourne vers sa fille aînée et lui dit d'un ton sévère :

— Je te croyais plus responsable, ma grande. Et tu sais que je n'aime pas les cachotteries.

Flavie jette un regard fâché à sa sœur. La petite fait comme si elle n'avait rien vu.

Babette entraîne ses
parents vers la remise. Elle
espère qu'ils trouveront les
mouffettes tellement
mignonnes qu'ils auront
envie de les garder.

La mère de Babette s'arrête
sur le seuil de la remise et

refuse de s'approcher de la boîte de carton. La fillette fait les présentations :

— Celle qui porte un ruban vert s'appelle Violette. L'autre à côté, la plus curieuse, c'est Annette. Celle qui porte un ruban bleu est la plus gourmande. Elle s'appelle Jeannette mais Yann dit que c'est un garçon et il l'appelle Max. Tu veux en prendre une dans tes bras, papa ?

— Non merci.

La mère secoue la tête d'un air catastrophé.

— Il faut les amener tout de suite à la SPCA, déclare-t-elle.

La lèvre de Babette se met à trembler.

— Est-ce que je peux les garder, maman? S'il te plaît? Je ferai toujours mon lit. Et je mangerai mes brocolis. Et je serai sage comme une image jusqu'à l'âge de 25 ans!

— Pas question.

Le père de Babette s'accroupit devant sa fille:

— Écoute, ma Pitchounette, les mouffettes sont des animaux sauvages. On n'a pas le droit de les garder en captivité. Demain, quand je reviendrai du bureau, on ira ensemble les porter à la SPCA. Ils ont des spécialistes là-bas qui savent comment s'en occuper.

À l'heure du souper, Babette refuse de quitter les mouffettes. Flavie lui apporte son repas dans la remise. La fillette repousse l'assiette et supplie sa grande sœur :

— Flavie, il faut que tu m'aides à trouver une cachette pour Violette, Annette et Jeannette.

— Pas question. Tu m'as déjà causé assez de problèmes avec tes mouffettes.

— Si j'avais un endroit secret pour elles, je pourrais

leur apporter de la nourriture tous les jours.

Flavie soupire.

— Babette, tes mouffettes ne seraient pas heureuses ici.

— Pourquoi ?

— Aurais-tu envie, toi, de passer ta vie dans une boîte de carton, dans une remise noire et humide ? Tes mouffettes ne pourraient pas courir dans les bois, manger des fourmis, fouiller dans les poubelles…

— Mais elles n'ont plus de maman. Qui va prendre soin d'elles ?

— Babette, tu n'es pas une mouffette. Tu ne peux pas leur montrer comment

attraper des souris ou lever la
queue pour arroser. Laisse tes
mouffettes vivre une vraie
vie de mouffette.

Babette saisit son assiette
et la donne à sa sœur.

— Si tu ne veux pas
m'aider, vas-t-en !

Restée seule, Babette
prend les bébés mouffettes
dans ses bras. Elle caresse
leur poil doux. La fillette
cherche désespérément une
idée pour garder les bébés.
Elle se concentre si fort
qu'elle ne se rend même pas
compte que ses larmes
tombent sur la tête d'Annette.

7

Ce que Babette met dans la poussette

En se réveillant, Babette se sent aussi légère et joyeuse qu'un moineau. Pendant la nuit, elle a pensé à un plan. Première étape : convaincre Yann.

Lorsque son cousin lui ouvre la porte, il s'exclame, tout étonné :

— Je croyais que tu ne voulais plus me parler jusqu'à l'âge de 25 ans !

— Je n'ai pas le temps de bouder. J'ai besoin de ton aide.

— Pour quoi faire?

— M'aider à me sauver. Avec mes bébés.

— Pourquoi?

— Si mes parents veulent que je revienne à la maison, ils devront me laisser garder mes mouffettes.

— Pourquoi tu ne demandes pas à Mercédès de se sauver avec toi?

— Elle ne veut pas toucher aux mouffettes.

Yann se balance sur un pied, puis sur l'autre.

— Bon, j'ai compris, dit sa cousine. Tu as peur.

— Je n'ai pas peur !
proteste le garçon.

Il se gratte le menton puis
dit enfin :

— Je viens, mais à une
condition.

— Laquelle ?

— Tu appelles la mouffette
Max au lieu de Jeannette.

Babette sourit :

— D'accord.

Yann et Babette passent
l'avant-midi à préparer en
secret leurs bagages. Dans
un sac à dos, ils mettent :
des pommes, des chips et
un paquet de biscuits au

chocolat. Et, bien sûr, du lait
pour les mouffettes.

Après le dîner, Babette
entasse trois couvertures dans
la poussette de Mercédès et
installe les mouffettes sur le
dessus. Puis, elle s'approche
de Flavie et lui dit :

— Mercédès m'invite à
jouer chez elle. Je peux ?

— Mouais… répond sa
grande sœur, le nez plongé
dans son roman.

Les deux enfants remontent
lentement la rue. Ils marchent
sans se presser pour ne pas
attirer l'attention. Babette
pousse les mouffettes dans

leur poussette. Yann porte le
sac à dos et le grand
parapluie rouge.

Lorsque les parents reviennent du travail, Flavie a toujours le nez dans son roman. Babette et les bébés mouffettes ont disparu.

8

Des beignes très tentants

Babette et Yann marchent jusqu'au dépanneur, au bout de leur rue. Derrière le magasin se trouve une petite cour asphaltée, fermée sur trois côtés par un mur de briques. Une énorme boîte de métal occupe un coin de la cour.

— On dirait un wagon de train, dit Yann.

— Mais non, cornichon. Ça sert à mettre les déchets, explique Babette.

Le garçon appuie une planche de bois contre la paroi du wagon et grimpe jusqu'en haut.

— Hé, je vois un paquet de beignes ! Il n'est même pas ouvert !

— Pas si fort ! Tu vas attirer l'attention des clients, lui dit Babette.

— Max aimerait sûrement goûter à un beigne, chuchote Yann.

Le garçon se penche mais le wagon est trop profond et ses bras trop courts.

— Si j'étais un cowboy, j'attraperais ces beignes au lasso, dit-il.

— Oublie les beignes et viens m'aider à préparer notre abri, dit Babette.

Les cousins fabriquent leur maison avec les boîtes de carton trouvées près du wagon à déchets. Une fois leur abri terminé, Babette étale les couvertures sur les cartons qui couvrent le sol.

Les enfants regardent le soleil se coucher en dégustant leur souper : chips et biscuits au chocolat.

— C'est le meilleur souper que j'ai jamais mangé, annonce Yann.

— Oui ! Et pas un adulte pour nous embêter avec des

« ça suffit, les biscuits ! » dit
Babette.

À 21 heures, le propriétaire
du dépanneur éteint les
lumières et ferme son
magasin. Yann saute dans
les airs et crie dans l'oreille
de sa cousine :

— Je peux parler fort
maintenant, Babette ?

La fillette donne une
pichenette à son cousin.
Puis elle sort les mouffettes
de leur boîte de carton et les
laisse se promener librement
dans la cour. Yann imite

Violette et marche en se dandinant le derrière.

— Tu ressembles à un pingouin boiteux, lui dit sa cousine.

— Et si on faisait une course de mouffettes ? propose le garçon.

Avec des morceaux de carton, Yann fabrique trois couloirs. Au bout de chaque couloir, il place un biscuit au chocolat. Puis il installe une mouffette dans chaque couloir. Violette avance de trois pas puis se roule en boule pour faire une sieste. Annette sort de son couloir

et grimpe sur le dos de Max.
Babette éclate de rire :

— Ta course ne les
intéresse pas du tout.

— Si j'avais des beignes,
les mouffettes auraient
sûrement envie de faire la
course, déclare Yann.

— Tu m'énerves avec tes
histoires de beignes, réplique
Babette en bâillant. Moi, je
vais me coucher.

La fillette remet Violette,
Annette et Max dans leur
boîte. Puis les deux cousins
se couchent de chaque
côté des bébés. Comme il
fait frais, chacun s'enroule
dans sa couverture.

— Penses-tu que nos parents nous cherchent ? demande Yann.

— Mais oui ! répond Babette.

— Penses-tu qu'on sera punis quand ils vont nous trouver ?

— Mais non ! Ils vont pleurer de joie et nous donner tout ce qu'on veut.

Les enfants contemplent en silence le ciel parsemé d'étoiles.

— Je me demande combien d'années ça prendrait pour compter toutes ces étoiles, dit Yann.

— Peut-être jusqu'à l'âge de 25 ans, murmure Babette.

L'une des mouffettes pousse un gémissement. Babette se soulève sur un coude et flatte la fourrure de Violette, toujours aussi douce.

— Bonne nuit, Annette. Dors bien, Violette. Toi aussi, Jeannette.

— Il s'appelle Max ! s'écrie Yann.

Babette rigole :

— Oups. Excuse-moi. Bonne nuit, Max.

Cinq minutes plus tard, Yann dit :

— Babette, dors-tu ?

— Non. Je guette une étoile filante. Je veux faire un vœu.

—Quel vœu?

—C'est un secret.

La fillette s'endort sans avoir vu d'étoile filante. Elle rêve à une histoire qui se termine comme ceci: Violette, Annette et Jeannette eurent beaucoup d'enfants et vécurent avec Babette jusqu'à la fin des temps...

9

Un garçon trop gourmand

Quelques heures plus tard, Babette se réveille en sursaut. Quelqu'un crie son nom. Babette! Babette! Elle ouvre les yeux : oh non! Yann a disparu! Les bébés mouffettes aussi! De nouveau, une voix qui crie :

— Babette! Babette!

La fillette sort à quatre pattes de la maison de carton.

— Yann ? Où es-tu ?

— Dans le wagon à déchets.

— Quoi ?!

— Je n'arrive plus à sortir.

Babette escalade la planche de bois et aperçoit son cousin assis sur une pile de déchets, au fond du wagon.

— Mais qu'est-ce que tu fais là ?

Penaud, son cousin répond :

— J'essayais d'attraper les beignes avec le parapluie de Mercédès.

Babette s'exclame :

— Tu es le gars le plus gourmand de la planète !

Babette se penche et tend la main à Yann. Mais son bras est trop court et son cousin trop loin.

— Si je me penche plus, je vais tomber moi aussi dans le wagon.

— Attrape le parapluie et tire-moi ! dit son cousin.

— Tu es trop lourd. J'arriverai jamais à te sortir de là.

Soudain, une idée terrible traverse l'esprit de Babette.

— Où sont les bébés ?

— Aucune idée.

Babette redescend à toute vitesse et fait le tour de la cour. Elle soulève le moindre petit bout de

carton. Aucun signe de Violette, Annette et Jeannette.

Elle fait le tour du dépanneur en courant. Rien. Son cousin lui hurle, du fond du wagon à déchets :

— Va chercher mon père. Dis-lui d'apporter une échelle pour me sortir de là.

— Pas avant d'avoir retrouvé mes bébés !

Babette arpente le trottoir devant le dépanneur. Elle cherche dans les buissons aux alentours. Son cœur bat vite. Si les mouffettes sont parties dans la rue, il va leur arriver malheur. Violette pourrait se faire écraser. Ou Annette pourrait se faire mordre par un chien errant…

Babette court à droite et à gauche. Elle ne sait plus où donner de la tête. Derrière le dépanneur, Yann hurle de plus en plus fort : « Je veux sortir d'ici ! »

Babette croit voir une tache de blanc, au loin, là-bas. Elle se précipite, trébuche et s'étale sur le trottoir. Ouch ! Son genou saigne. Et la tache blanche n'était qu'un vieux morceau de journal. Babette sent les larmes monter…

Au même moment, une langue chaude et rugueuse lui lèche le visage. Java! Puis, Babette est soulevée de terre et serrée au point de se sentir étouffer. La fillette enfouit son visage dans le cou de son papa. Sa tante Dominique arrive en courant :

— Où est Yann ?

— Dans le wagon à déchets.

— Tu n'as pas de mal, ma Pitchounette ? lui demande son père.

Babette secoue la tête et dit d'une voix tremblotante :

—J'ai perdu mes bébés
mouffettes!
Puis elle éclate en sanglots.

10
Une dernière caresse

Le soleil fait danser ses rayons dans la chambre de Babette, mais elle n'a aucune envie de sortir de son lit ce matin. Elle n'a pas de biberon à donner aux mouffettes. Et ses parents l'ont punie pour son escapade au dépanneur : pas de télé, pas d'ordi, pas d'amis.

Soudain, Babette entend sa sœur qui l'appelle. Elle ne

répond pas. Flavie crie plus fort. La fillette finit par sortir du lit et se penche à la fenêtre ouverte. En bas, sur la pelouse, Flavie tient Violette, Annette et Max dans ses bras. Babette pousse un cri de joie. Elle descend en courant et prend les bébés.

— Ils étaient où ?

— Sous un buisson, près du dépanneur.

— J'ai eu tellement peur qu'ils meurent.

Flavie entraîne Babette vers la remise.

— C'était totalement débile de te sauver comme ça, hier soir. Tu as fait paniquer les parents, les voisins et les policiers…

Babette soupire :

— Je sais.

— Tu sais aussi que tu ne pourras pas les garder ?

Pour toute réponse, Babette enfouit son nez dans la fourrure de Violette. Flavie reste un moment silencieuse. Puis, elle ajoute :

— Il te reste une journée pour profiter de tes bébés. Tu pourrais appeler tes copains et faire une fête d'adieu pour Violette, Annette et Jeannette.

Babette secoue la tête :

— Mais je suis punie ! Je n'ai pas le droit d'inviter d'amis.

— On ne le dira pas aux parents…

Les trois enfants passent la journée à s'amuser avec les bébés mouffettes. Mercédès ose enfin donner le biberon à Violette. Yann hurle d'excitation lorsque Max remporte la course de mouffettes. Quant à Babette, elle en profite pour bien chouchouter ses bébés.

Lorsque le père de Babette revient du bureau, il amène sa fille et Yann au Centre de réhabilitation de la faune. Babette remet les bébés mouffettes à Lisette, une employée au sourire pétillant. Elle installe les petites bêtes dans un enclos au milieu d'un parc.

— Ici, tes mouffettes seront comme à l'école. On va leur montrer des trucs pour survivre dans la nature, explique la jeune femme.

— Et si elles ne sont pas de bonnes élèves ? demande Babette.

— Les mouffettes sont débrouillardes. Elles mangent

de tout : des plantes, des champignons, des insectes, des souris. Leurs chances de survie sont bonnes, ajoute Lisette.

— Est-ce que je peux les embrasser une dernière fois ? demande Babette.

— Bien sûr !

Babette s'accroupit devant les mouffettes et leur dit :

— Il faut bien écouter Lisette et vous souvenir de tout ce qu'elle va vous apprendre. C'est très important.

— Vous n'êtes pas obligées de manger des souris si vous

n'en avez pas envie, dit
Yann.

Babette renifle un peu et
dit :

— Adieu Violette. Adieu
Annette. Adieu Jeannette !

— Max ! Il s'appelle Max !
grogne Yann.

Le garçon se penche et
chuchote à l'oreille de Max :

— Je vais laisser des
morceaux de beignes pour
toi sur mon perron. Si tu viens
te promener dans mon coin,
tu pourras te régaler.

Babette regarde ses
bébés s'éloigner en se
dandinant. Elle leur crie :

— Allez vivre votre vie de mouffettes! Et si vous êtes en danger, n'oubliez pas d'arroser!

De la même auteure chez d'autres éditeurs

Le Meilleur endroit/Le Pire endroit, Éditions Imagine, 2011.

Grognon ou glouton, Collection Rat-de-bibliothèque, Erpi, 2010.

Pipi dehors!, coll. Raton Laveur, Bayard, 2010.

La classe de madame Caroline, collectif, Dominique et Compagnie, 2010.

Mon papa n'écoute pas, Éditions de l'Isatis, 2010.

Mathilde Touche-à-Tout, coll. Mini-Rat de Bibliothèque, Erpi, 2010.

La corde à linge magique, Éditions Imagine, 2010.

Mon Papa ne pue pas, Éditions de l'Isatis, 2009.

Blanche-Neige, conte classique, Éditions Imagine, 2009.

Qui sauvera Bonobo?, Éditions Imagine, 2008.

La plus belle robe du royaume, Bayard, 2008.

Le Pire moment, Éditions Imagine, 2008.

Mes parents sont gentils mais tellement girouettes, Éditions FouLire, 2007.

Le Meilleur moment, Éditions Imagine, 2007.

Une maman pour Kadhir, Éditions Imagine, 2006.

Pistache et les étoiles, coll. Pour lire avec toi, Éditions Héritage, 1983.

ANDRÉE POULIN

Andrée Poulin n'a pas de chat, ni de chien, ni de chameau et encore moins de mouffettes. Elle a cependant des ratons laveurs qui viennent se régaler dans son compost. D'abord journaliste, elle a eu un vif plaisir à raconter des histoires vraies. Maintenant auteure, elle a un vif plaisir à raconter des histoires inventées.

Andrée Poulin a publié une vingtaine de livres qui lui ont valu plusieurs distinctions et prix littéraires. Outre ses ateliers dans les écoles, Andrée Poulin anime une chronique littéraire à Radio-Canada. Elle signe aussi un blogue où elle offre ses coups de foudre et ses coups de gueule (http://andreepoulin.blogspot.com). Pour une biographie complète, visitez son site au (http://www.andreepoulin.ca/).

Fiches d'exploitation pédagogique

Vous pouvez vous les procurer sur notre site Internet
à la section jeunesse/matériel pédagogique.

www.quebec-amerique.com

GARANT DES FORÊTS INTACTES | L'impression de cet ouvrage a permis de sauve-garder l'équivalent de 7 arbres de 15 à 20 cm de diamètre et de 12 m de hauteur.

Achevé d'imprimer au Canada
sur papier Enviro 100% recyclé
sur les presses de Imprimerie Lebonfon Inc.

certifié   procédé
sans
chlore   100% post-
consommation   archives
permanentes   énergie
biogaz